AF272147

Giovanni Constance

L'inglese in 10 giorni

Corso di lingua con un nuovo metodo

Casa editrice: Books on Demand GmbH
Norderstedt, Germania
ISBN 978-3-8482-6274-8
Foto di copertina: Big Ben, simbolo di Londra
Foto: Giovanni Constance

Contenuto

Primo giorno

The customs check / Il controllo doganale

Place: The airport Leonardo da Vinci in Rome.
Luogo: L'aeroporto Leonardo da Vinci a Roma.
turista T, customs officer / doganiere D

D   Good afternoon (gud aafte'nuun). Buon pomeriggio.
Your passport please (jur 'paaspoot pliis). Il suo passaporto per favore … The passport has expired (haes
ik'spaied). Il passaporto è scaduto.
T   This is my identity card (mai ai'dentiti kaad). Ecco la
carta d'identità. I have been travelling for a long time in
England (ai haev biin traevling foor e long taim in
'inglend). Ho viaggiato molto tempo per l'Inghilterra. Is
there anything new in Italy (is theer 'enithing njuu in
'iteli)? C'è qualcosa di nuovo in Italia?
D   I do not know (ai duu not nou). Non so. Do you have
anything to declare (duu juu haev 'enithing tuu di-
'kleer)? Ha qualcosa da dichiarare?
T   I do not have anything to declare. Non ho niente da
dichiarare.
D   *Open* this case (oupen this keis)! *Apra* questa valigia!
Now I know something new for you (nau ai nou
'samthing njuu foor juu). Ora so qualcosa di nuovo per
Lei. You have to pay duty on this (juu haev tuu pei
'djuuti on this). Deve pagare il dazio per questo.
T   But (bat) this is a gift. Ma questo è un regalo.
D   For whom (foor huum)? Per chi?
T   For you. Per Lei.
Z   Thank you very much (thaenk juu 'veri matsh). Grazie
mille.
T   Do not mention it (duu not 'menshen it). Prego, di
niente.

Le parole sottolineate e le parole in corsivo hanno lo stesso significato. L'accento è indicato da un apostrofo prima della parte accentuata della parola o scrivendo la parte accentuata in neretto, per es.

'paaspoot o **paa**spoot

Trascrizione fonetica (TF)

Vocali e dittonghi

TF	spiegazione	esempio	TF	traduzione
a	a molto breve	mother	mather	madre
aa	a strascicata	park	paak	parco
ae	intermedio tra a e e	flat	flaet	piatto
e	e molto breve	after	'aafter	dopo
e	e aperta come in bello	let	l*e*t	lasciare
i	i molto breve	big	big	grande
ii	come la i in fine	street	striit	strada
o	simile alla o di lotta	stop	stop	fermata
oo	o aperta e lunga	morning	mooning	mattina
oe	oe tedesca di Goethe	girl	goel	ragazza
u	u molto breve	good	gud	buono
uu	u lunga come in fiume	room	ruum	stanza
ai	composto da a e i	time	taim	tempo
au	simile a ao in ciao	now	nau	adesso
ei	simile a ei in sei	day	dei	giorno
ou	o lunga e leggera u	boat	bout	barca

ee suona sempre come una i lunga: street (striit) / strada
oo suona u lunga: room (ruum) / stanza; oo suona u breve davanti a k: book (buk) / libro.
La e finale è muta: cheese (tshiis) / formaggio.

Consonanti

TF	spiegazione	esempio	TF	traduzione
g	come la g in gatto	girl	goel	ragazza
h	suono aspirato	hotel	hou'tel	albergo
j	come la i in ieri	yes	jes	sì
k	come la c in casa	come	kam	venire
ng	come la n in banca	bring	bring	portare
r	come la r in rana	red	red	rosso
s	s aspra come in sono	sun	san	sole
sh	come sc in scena	short	shoot	corto
tsh	come c in cena	rich	ritsh	ricco
sh	simile al ge in garage	measure	'mesher	misura
dsh	come g in gente	general	'dshenrel	generale
th	sussurrare il suono s	think	thingk	pensare
v	come la v in vita	very	'veri	molto
w	come la u in uomo	wine	wain	vino

Alfabeto inglese

A ei, B bii, C sii, D dii, E ii, F ef, G dshii, H eitsh, I ai,
J dshei, K kei, L el, M em, N en, O ou, P pii, Q kjuu,
R aar, S es, T tii, U juu, V vii, W 'dabljuu, X eks, Y wai,
Z sed

Abbreviazioni

derivazione delle regole grammaticali	D
esempio	ES
parte facoltativa	F
plurale	Pl
singolare	Sg
trascrizione fonetica	TF

Vi prego di imparare le parole sottolineate nel vocabolario da acqua a birra.

Secondo giorno

Where is the station / Dov'è la stazione?

Place / luogo: London / Londra
turista T, passer-by / passante P

T Excuse me madam (ik'skjuus mii 'maedem). Mi scusi, signora. <u>Could you</u> give me some information (kud juu giv mii sam infe'meischen)? <u>Potrebbe</u> darmi delle informazioni? Where is Victoria Station (weer is … 'steischen)? Dov'è la stazione Victoria?

P In the city centre. Nel centro città.

T Can I go *there* on foot (kaen ai gou theer on fut)? *Ci* posso andare a piedi?

P It is not possible because it is too far (not 'posebl bi'kos tuu faar). Non è possibile, perché è troppo lontano. The station is ten kilometres from here (ten ki'lomiters from hier). La stazione dista 10 chilometri da qui.

T How do you get to the station (hau duu juu get tuu the 'steischen)? Come si arriva alla stazione?

P <u>Do you prefer</u> bus or underground (pri'foer bas oor 'andegraund)? <u>Preferisce</u> l'autobus o la metro? Both of them go to the station (bouth of them gou tuu the 'steischen). Tutti e due vanno alla stazione.

T I do not mind (ai duu not maind). È uguale.
Where is the bus stop or the underground station (weer is the bas stop or **thi** 'andegraund 'steishen)? Dov'è la fermata dell'autobus o la stazione della metro?

P There is the bus stop. Ecco la fermata.

T Which (witsh) bus goes (gous) to the station? Quale autobus va alla stazione?

P I think it is the bus number eleven ('namber i'leven). Penso che sia il numero 11.

T How many (meni) stops are (aar) there until (en'til) the

8

station? Quante fermate ci sono fino alla stazione?
P   Sorry, I do not know (nou). Mi dispiace, non lo so.
T   It does (das) not matter ('maeter). Non importa.
    Thank you (thaengk juu). Grazie.

L'articolo the

ES **The** boy and **the** girls go to the English teacher.
    TF: The boi aend the goels gou tuu **thi** inglish 'tiitsher.
    Il ragazzo e le ragazze vanno dall' insegnante
    d'inglese.
D   **L'articolo the (il, lo, la, i, gli, le) è invariabile in
    genere e numero.**
    Prima di una vocale the si pronuncia **thi**.

F Con o senza the?

ES Most (1) of the pianists were successful, but Mary was
    the most successful (2).
    La maggior parte delle pianiste era affermata ma Mary
    era la più affermata.
D   Most: senza the (1). Superlativo: Most con the (2).
ES Mary plays the piano (1) because she likes music (2)
    above all the music of Brahms (3).
    Mary suona il piano perché ama la musica, sopra-
    tutto la musica di Brahms.
D   Prima di strumenti musicali: the (1).
    Nomi astratti: senza the (2).
    Se si spiega il nome in modo più preciso: the (3).
ES On the Monday of the concert (1) Mary goes by
    bus (2) to Regent's Park (3), Regent Street (4),
    Piccadilly Circus (5) and Royal Albert Hall (6).

9

Il lunedi del concerto Mary va in bus a Regent's
Park, Regent Street, Picadilly Circus e Royal Albert
Hall.

D   Giorni della settimana e mesi: senza the; se si fa una
     spiegazione più precisa: the (1).
     Senza the: by + mezzi pubblici (2), parchi (3),
     nomi delle strade (4), piazze (5), edifici (6).

ES   After the concert Mary invites some friends to the
     Ritz (1) for dinner (2).
     Dopo il concerto Mary invita alcuni amici al Ritz
     per la cena.

D   Nomi degli alberghi: con the (1).
     Nomi dei pasti: senza the (2).

ES   The next concert is in Europe (1). On the flight to
     Switzerland (2) Mary sees the Thames (3), the Atlan-
     tic Ocean (4), Lake Geneva (5) and Mont Blanc (6).
     Il prossimo concerto ha luogo in Europa. Durante il
     volo per la Svizzera Mary vede il fiume Tamigi,
     l'oceano atlantico, il lago di Ginevra ed il Mont Blanc.

D   Senza the:
     continenti (1), nomi di nazione al singolare (2).
     Con the:
     fiumi (3), oceani (4).
     Senza the:
     laghi (5), monti (6).

ES   By air Mary needs half the time but pays double the
     price.
     In aereo Mary impiega la metà del tempo ma paga il
     doppio del prezzo.

D   Si usa the dopo
     half:
     half the time / la metà del tempo
     double:
     double the price / il doppio del prezzo
     twice:
     twice the profit / il doppio del profitto

L'articolo a (an)

ES   **A** concert (1) was given by **a** European (2) pianist
and **an** American (3) violinist for **an** hour (4).
TF: E 'konset wos given bai e juere'piien 'pienist
aend en e'me*r*iken vaie'linist foor en 'auer.
Un pianista europeo e un violinista americano hanno
suonato un concerto per un'ora.

D   **Si usa a: prima di una consonante (1) e prima di
eu e u pronunciati come i in ieri (2); si usa an:
prima di una vocale (3) e una h non pronunciata
(4).**

F

ES   Mary is a pianist.
Mary è pianista.

D   Si usa a / an prima dei nomi di professione.

ES   Apples are 40 pence a kilo (1) and 20 pence for
half a kilo (2).
Le mele costano 40 pence al chilo e 20 pence al
mezzo chilo.

D   a / an si usa in espressioni di prezzo, velocità,
frequenza (1).
A / an si usa dopo half quando è seguito da
un'unità di misura (2).

Coniugazioni dei verbi be, have, do, go (presente)

1 sono	**I am** (ai aem) 1	I have (ai haev) 2
2 ho	you are (juu aar)	you have
	he/she/it **is**	he/she/it **has** (haes)
	we/you/they are	we/you/they have

Si usa **be** come <u>verbo autonomo</u> (es. Mary <u>is</u> a pianist /
Mary è pianista) e come <u>verbo ausiliare</u> (es. Mary <u>is playing</u>
the piano / Mary sta suonando il piano).
Si usa **have** come <u>verbo autonomo</u> (es. Mary <u>has</u> a piano /
Mary ha un piano) e come <u>verbo ausiliare</u> (Mary <u>has played</u>
the piano / Mary ha suonato il piano).

1 faccio	I do (ai duu) 1	I go (ai gou) 2
2 vado	you do	you go
	he/she/it **does** (das)	he/she/it **goes** (gous)
	we/you/they do	we/you/they go

I numeri cardinali

0 zero ('sierou)	30 thirty ('thoeti)
1 one (wan)	40 forty ('footi)
2 two (tuu)	50 fifty ('fifti)
3 three (thrii)	60 sixty
4 four (foor)	70 seventy
5 five (faif)	80 eighty
6 six (siks)	90 ninety
7 seven ('sevn)	100 a/one hundred
8 eight (eit)	e/wan 'handrid
9 nine (nain)	101a hundred and one
10 ten (ten)	e 'handrid aend wan
11 eleven (i'levn)	200 two hundred(1)
12 twelve (twelf)	tuu 'handrid
13 thirteen ('thoe'tiin)	1000 a/one thousand
14 fourteen ('foor'tiin)	e/wan 'thausend
15 fifteen ('fif'tiin)	2000 two thousand (1)
16 sixteen ('siks'tiin)	tuu 'thausend
17 seventeen ('sevn'tiin)	1000000 a/one million
18 eighteen ('ei'tiin)	e/wan 'miljen
19 nineteen ('nain'tiin)	2000000 two million (1)
20 twenty ('twenti)	tuu 'miljen

(1) Dopo un numero si scrive hundred, thousand e million
senza -s.

I numeri ordinali

il primo, la prima	first (foest)
secondo(a)	second ('sekend)
terzo(a)	third (thoed)
Dal quarto: numero cardinale + **th** > numero ordinale	
four / quattro	four**th** / quarto
one hundred / cento	hundred**th** / centesimo
one thousand / mille	thousand**th** / millesimo

Numeri decimali: si sostituisce la **y** del numero cardinale per -**ieth.**

| forty / quaranta | fort**ieth** / quarantesimo |

Frazioni

Un mezzo	a half (e haaf)
Da un terzo: numero cardinale + numero ordinale = frazione	
1/3	one third
2/3	two thirds
1/4	one fourth (a quarter)
3/4	three fourths

Che ore sono?

What time is it (wot taim is it)? Che ore sono?

	It is
1.00	one o'clock ('wan e'klok)
1.05	five past one (faif paast wan)
1.15	quarter past one ('kwoote)
1.30	half past one (haaf)
1.45	quarter to two (tuu tuu)
2.00	two o'clock

13

Verbi regolari

Si distinguono tre forme:

1. forma: la **forma base del verbo** (= l'infinito senza to),
es. **call** / chiamare.
2. forma: il **simple past**, es. I call**ed** / chiamavo.
3. forma: il **past participle**, es. I have call**ed** / ho chiamato.

Verbi regolari:
1. forma + **ed** > 2. forma e 3. forma, es.
call + **ed** > I call**ed** e I have call**ed**

In inglese esistono **verbi irregolari** che non costruiscono la seconda e la terza forma in maniera regolare.

F Verbi con una sola parola per tutte e tre le forme

es. costare / cost
Forma base del verbo: costare / **cost**
Il simple past: il regalo costava / the gift **cost**
Il past participle: Il regalo è costato / the gift has **cost**

ES **Let** us **cut** and **hit** without **hurting** ourselves and after that **put** down the hammer and the knife and **shut** the door.

D   Altri verbi con una sola parola per tutte e tre le forme:
let (let) lasciare, cut (kat) tagliare, hit colpire, hurt (hoet) fare male, put mettere, shut (shat) chiudere.
Inoltre: bet (bet) scommettere, set (set) fissare, spread (spred) espandere.

Vi prego di imparare le parole sottolineate nel vocabolario da <u>bistecca</u> a <u>cucina</u>.

Terzo giorno

The strike / Lo sciopero

Place: King's Cross Station in London.
Luogo: La stazione King's Cross a Londra.
tourist T, employee / impiegato I

T *in front of the ticket office / davanti allo sportello:*
When <u>does</u> the next train <u>leave</u> for Edinburgh (w*e*n
das the n*e*kst trein liiv foor 'edinbere)? Quando <u>parte</u> il
prossimo treno per Edimburgo?

I I do not know (nou). Non lo so. Instead of the time table
we have been on strike since yesterday (in'st*e*d of the
taim teibl wii haev biin on straik sins 'j*e*stedei). Da ieri
invece dell'orario abbiamo uno sciopero.

T <u>Where</u> does the train leave <u>from</u> (w*ee*r das the trein liiv
from)? <u>Da dove </u>parte il treno?

I From platform six ('plaetfoom siks). Dal binario sei.

T Do I have to change trains (duu ai haev tuu tsheind<u>sh</u>
treins)? Devo cambiare treno?

I Yes, you have to change trains at York (jook). Sì, deve
cambiare treno a York.

T Will I catch my connection to Edinburgh (wil ai kaetsh
mai ke'n*e*kshen)? Riuscirò a prendere la coincidenza
per Edimburgo?

I Certainly not ('soetenli). Certo che no.

T <u>How long does </u>the journey <u>last</u> (hau long das the
'd<u>sh</u>oeni laast)? <u>Quanto tempo dura </u>il viaggio?

I Normally ('noomeli) five hours ('auers), but (bat) today
(te'dei) <u>because of </u>the strike eight (eit). Normalmente
cinque ore ma oggi <u>per </u>lo sciopero otto ore.

T Is there (th*ee*r) a couchette (kuu'sh*e*t)?
C'è una carrozza cuccette?

I Yes, but because of the strike only ('ounli) until (en'til)

York. Sì, ma per lo sciopero solo fino a York.

T   <u>I would like</u> to reserve a window seat and a couchette (ai wud laik tuu ri'soev e 'windou siit aend e kuu'sh*et*). <u>Vorrei</u> prenotare un posto vicino al finestrino e una cuccetta. Please give me a second-class return ticket, the return journey without the strike (pliis giv mii e 'sekend-klaas ri'toen 'tikit, the ri'toen 'd<u>sh</u>oeni with'aut the straik). Per favore un biglietto di seconda classe, andata e ritorno, il ritorno senza sciopero.

Plurale regolare

Il plurale si forma come segue:
singolare + **s** > plurale, es.
a girl (una ragazza) + **s** > girl**s** (delle ragazze)

F Plurale irregolare

ES   The la**dy** goes by bus to the restaurant and eats the pota**to** with the kni**fe**.
    La signora va in bus al ristorante e mangia la patata con il coltello.

Pl   The la**dies** (1) go by bus**es** (2) to the restaurants and eat the potat**oes** (3) with the kni**ves** (4).

D

Desinenza		Plurale
consonante + y	+ es >	**ies** (1)
s, sh, ch, x, z	+ es >	**es** TF is (2)
consonante + o	+ es >	**oes** (3)
f, fe	+ es >	**ves** TF vs (4)

ES   The children's teeth and feet are smaller than those of men and women.
    I denti e i piedi dei bambini sono più piccoli di quelli degli uomini e delle donne.

	Sg	Pl
bambino	child	children
dente	tooth	teeth
piede	foot	feet
uomo	man	men
donna	woman	women ('wimin)

F Parole senza singolare

ES Marilyn takes off the **trousers**, the **tights** and the **pants**; then she puts on the **pyjamas**, which **are** very nice.
Marilyn toglie i pantaloni, i collant e le mutande; dopo indossa il pigiama che è molto bello.

D Cose che constano di due stessi parti non hanno un singolare e sono collegati da un verbo al plurale.

F Parole senza plurale

MS **News** is interesting, **information** is more interesting and **advice** is the most interesting.
Le novità sono interessanti, le informazioni sono più interessanti e i consigli sono i più interessanti.

Giorni della settimana

lunedì	Monday ('mandei)
martedì	Tuesday ('tjuusdei)
mercoledì	Wednesday ('wensdei)
giovedì	Thursday ('thoesdei)
venerdì	Friday ('fraidei)
sabato	Saturday ('saetedei)
domenica	Sunday ('sandei)

Mesi

gennaio	January ('dshänjueri)
febbraio	February ('februeri)
marzo	March (maatsh)
aprile	April ('eiprel)
maggio	May (mei)
giugno	June (dshuun)
luglio	July (dshuu'lai)
agosto	August ('oogest)
settembre	September (sep'tember)
ottobre	October (oc'touber)
novembre	November (nou'vember)
dicembre	December (di'sember)

Stagioni

primavera spring (spring)   autunno autumn ('ootem)
estate summer ('samer)   inverno winter ('winter)

Data

ES   What is the date today (wot is the deit te'dei)?
Quanti ne abbiamo oggi?
To day is the 1st, 2nd, 4th, 20th **of** May.
Oggi è il 1. , 2, 4, 20 maggio.

F Verbi irregolari

La prima e la terza forma sono uguali.

come (a)	came (ei)	come (a)	venire
become (a)	became (ei)	become (a)	diventare
run (a)	ran (ae)	run (a)	correre

18

Quarto giorno

The breakdown / Il guasto all'automobile

Place: London
tourist T, passer-by / passante P, employee /
impiegato I, mechanic / meccanico M

T Excuse me, where is the nearest garage (ik'skjuus
   mii, weer is the nierest 'gaeraa<u>sh</u>)? Mi scusi, dov'è
   l'officina più vicina?
P (*smiling / ridendo*) Five meters behind you (faif
   'miiters bi'haind juu). Cinque metri dietro di Lei.
I Hello, what is the matter (he'lau, wot is the 'maeter)? Buongiorno, cosa c'è?
T My car has broken down (mai kaar haes 'brouken daun).
   La mia macchina ha un guasto. Could you check my car
   (kud juu tschek mai kaar)? Potrebbe controllare la mia
   macchina? It has just stopped and will not start again (it
   haes d<u>sh</u>ast stopd aend wil not staat e'gen). Si è fermata
   e non riparte.
I Where has it stopped ? Dove si è fermata?
T Exactly in front of the garage (ig'saektli in frant of the
   'gaeraa<u>sh</u>). Esattamente davanti all'officina.
I Well done, it is a good car (wel dan, it is e gud kaar)!
   Bene, è una buona macchina. Please give me the car key
   (pliis giv mii the kaar kii). La chiave della macchina
    per favore. While my mechanic checks the car you
   can drink a coffee (wail mai mi'kaenik tsheks the car juu
   kaen dringk e 'kofi). Mentre il mio meccanico controlla
   la macchina Lei può bere un caffè.
   *The mechanic returns after 5 minutes. Il meccanico
   ritorna dopo 5 minuti.*
T Why does the car not start (wai das the kaar not staat)?
   Perché la macchina non parte ?

M Have a guess (haev e ges). Indovini un po'.

T The starter <u>does not work</u> (the staater das not woek).
Lo starter <u>non funziona</u>?

M No (nou). No.

T Is the battery flat (is the 'baeteri flaet)?
La batteria è scarica?

M No, but the tank is empty (nou, bat the taengk is
empti). No, ma il serbatoio della benzina è vuoto.

Aggettivi

ES The **young** mother and the **young** father have three
young girls (the jang mather aend the jang father
haev thrii jang goels).
La giovane madre e il giovane padre hanno tre
giovani figlie.

D **Gli aggettivi sono invariabili in genere e numero.
Precedono il nome a cui si riferiscono.**

I gradi di comparazione

ES The first girl is blond, nice, funny and beautiful (the
foest goel is blond, nais, 'fani aend 'bjuutiful).
La prima ragazza è bionda, gentile, divertente e bella.
The second girl is blond**er**, nic**er**, funn**ier** and **more
beautiful**.
The third girl is the blond**est**, nic**est**, funn**iest** and the
most beautiful.

D Aggettivi monosillabici e aggettivi bisillabici che
terminano in -y, -er, -le, -ow: comparativo **-er**,
superlativo **-est**. Se l'aggettivo termina in **-e** si
aggiunge solo **r** e **st**.
La maggior parte degli aggettivi costruisce il suo
comparativo con **more** e il suo superlativo con **the
most**.

F Paragoni

ES The first girl is <u>taller than </u>the second girl.
La prima ragazza è più alta della seconda.
The second girl is <u>less tall than </u>the first.
La seconda ragazza è meno alta della prima.
The third girl is <u>the least tall</u>. La terza ragazza è la
meno alta.
The third girl is not <u>as</u> tall <u>as</u> the second. La
terza ragazza non è alta quanto la seconda.

ES <u>The older</u> Marylin gets <u>the taller </u>she gets.
Quanti più anni Marylin ha tanto più grande diventa.
Marylin is getting <u>taller and taller</u>.
Marylin diventa sempre più grande.
Marylin is getting <u>more and more beautiful</u>.
Marylin diventa sempre più bella.

Comparativi e superlativi irregolari

	comparativo	superlativo
good (gud) buono	better	best
bad (baed) cattivo	worse (woes)	worst (woest)
much (matsh) molto	more (moor)	most (moust)
little (litl) poco	less (les)	least (liist)
far (faar) lontano	farther (faather)	farthest

Gli avverbi

ES The beautiful Mary plays the piano beautifully (the
'bjuutiful Mary pleis the 'pjaenou 'bjuutifuli).
La bella Mary suona il pianoforte meravigliosamente.

D **Per lo più gli avverbi si formano come segue:**
Aggettivo + ly > avverbo, es.
beautiful + **ly** > beautifully

ES The magic Mary plays the piano magically (the
    'maedshik Mary pleis the 'pjaenou 'maedshikeli).
    La magica Mary suona il pianoforte miracolosa-
    mente.
D   Aggettivi in -ic: l'avverbio termina in -ically.
ES It is Mary's daily ('deili) (1) job to play the piano
    daily (2).
    Il lavoro giornaliero di Mary è di suonare il piano
    giornalmente.
D   Si usano aggettivi di tempo che terminano in -ly (1)
    anche come avverbi (2).

Comparativo e superlativo degli avverbi

Gli avverbi formano il comparativo e il superlativo come
gli aggettivi.

F Aggettivi contrari

anziano/giovane	old (ould)	young (jang)
economico/caro	cheap (tshiip)	expensive (ik'spensiv)
largo/stretto	broad (brood)	narrow ('naerou)
fuori/dentro	outside ('aut'said)	inside ('in'said)
primo/ultimo	first (foest)	last (laast)
libero/occupato	free (frii)	occupied ('okjupaid)
presto/tardi	early ('oeli)	late (leit)
grande/piccolo	big (big)	small (smool)
duro/molle	hard (haad)	soft (soft)
chiaro/scuro	light (lait)	dark (daak)
freddo/caldo	cold (kould)	warm (woom)
qui/là	here (hier)	there (theer)
alto/basso	high (hai)	low (lou)
su/giù	up (ap)	down (daun)
facile/difficile	easy (iisi)	difficult ('diffikelt)
leggero/pesante	light (lait)	heavy ('hevi)
lungo/corto	long	short (shoot)

a sinistra/destra	on the left (left)	on the right (rait)
dopo/prima di	after ('aafter)	before (bi'foor)
vicino/lontano	near (nier)	distant ('distent)
di sopra/di sotto	on	under ('ander)
giusto/sbagliato	right (rait)	wrong (rong)
rapido/lento	quick (kwik)	slow (slou)
bello/brutto	beautiful (bjuutiful)	ugly ('agli)
forte/debole	strong	weak (wiik)
dolce/acido	sweet (swiit)	sour ('sauer)
secco/bagnato	dry (drai)	wet (wet)
pieno/vuoto	full	empty ('empti)

Presentarsi

woman / donna F, man / uomo M

M Come sta? How are you (hau aar juu)?

F Bene grazie, e Lei? Fine, thanks and you?

M Il mio nome è Gallo. My name (mai neim) is Gallo.
Come si chiama? What is your name (wot is jur neim)?

F Il mio nome è Gallina. My name is Gallina.

M Lieto di conoscerla. Pleased to meet you
(pliisd tuu miit juu). Di dov'è? Where are you
from? (weer aar juu from)?

F Vengo dall' Italia. I come from Italy (ai kam from 'iteli).

M Anche I miei antenati sono venuti d'Italia. My ancestors
('aensisters) came from Italy too.

F … Purtroppo adesso devo andare. I am afraid, I have to
go now (ai aem e'freid, ai haev tuu gou nau). È
stato un piacere conoscerla, signor Gallo. It was nice
meeting you, Mr. Gallo (it wos nais miiting juu).

M Arrivederci signora Gallina e buon ritorno in Italia.
Goodbye Mrs. Gallina, have a good return to Italy
(gud'bai missis Gallina, haev a gud ri'toen tuu 'iteli).

**Vi prego di imparare le parole nel vocabolario da dare
a francobollo.**

Quinto giorno

First meeting / Primo incontro

Place: Market square on Capri. Piazza del mercato
a Capri. In front of a hotel. Davanti a un albergo. Beside
the entrance: two cases. Accanto all'entrata: due valige.
una turista F, un turista M

M Do you like it here (duu juu laik it hier)? Le piace qui?
F Yes, I like it very much (jes, ai laik it veri matsh).
   Sì, mi piace molto.
M Where do you live (weer duu juu liv)? Dove abita?
F I live in Rome (ai liv in roum). Abito a Roma.
M What a surprise, me too (wot e se'prais, mii tuu). Che
   sorpresa, anch'io. I am Tino Baci. Mi chiamo Tino Baci.
F (*smiling / sorridendo*) Nice to see you (nais tuu sii juu).
   Piacere.
M What is your name (wot is jur neim)? Come si chiama?
F I am Gina Borelli. Mi chiamo Gina Borelli.
M Did you find a good hotel (did juu faind e gud hou'tel)?
   Ha trovato un buon albergo?
F Yes, the hotel there. Sì, quel albergo là.
M What a surprise, I am also in this hotel (wot e se'prais, ai
   aem 'oolsou in this hou'tel). Che sorpresa, anch'io sono
   in questo albergo. Is this your first time here (is this juur
   foest taim hier)? È la prima volta che è qui?
F Yes, it is the first time I have been here (jes it is the foest
   taim ai haev biin hier). Sì, sono qui per la prima volta.
M Are you here with your family (aar ju hier with juur
   'faemili)? È qui con la famiglia?
F No, I am alone (nou, ai aem e'loun). No, sono sola.
M Me too. Anch'io. I arrived yesterday (ai e'raivd 'jestedei). Sono arrivato ieri. When did you arrive? Quando
   è arrivata?

F A week ago today (e wiik e'gou te'dei). Una settimana
   fa.

M How long are you staying (hau long aar juu steiing)?
   Quanto si ferma?

F I am just leaving (ai aem d<u>sh</u>ast liiving). Sto partendo.
   There are my cases (theer aar mai keisis). Ecco là le mie
   valige. I am waiting for the taxi driver in order to go to
   the port (ai aem weiting foor the 'taeksidraiver in 'ooder
   tuu gou tuu the poot). Aspetto il taxista per andare al
   porto.

M What a pity (wot e 'piti)! Che peccato! Can we meet
   again in Rome (kaen wii miit e'gen)? Ci possiamo incontrare a Roma? <u>Would you like</u> to go to the cinema
   (wud juu laik tuu gou tuu the 'sineme)? <u>Le piacerebbe</u>
   andare al cinema?

F I am not interested in the cinema (ai aem not 'intristid in
   the 'sineme). Non mi interesso di cinema.

M Would you like to go to the discotheque (wund juu laik
   tuu gou tuu the 'diskoutek)? Le piacerebbe andare in una
   discoteca?

F <u>I do not want</u> to go to a discotheque (ai duu not wont tuu
   gou tuu e 'diskoutek). <u>Non voglio</u> andare in discoteca.

M What do you do in your spare time (wot duu juu duu in
   jur speer taim)? Di che cosa si occupa nel suo tempo
   libero?

F My hobby is the opera (mai 'hobi is **thi** 'opere). Il mio
   hobby è l'opera.

M That is also ('oolsou) my hobby. È anche il mio hobby.
   Do you have time on the sixth of September (duu you
   haev taim on the sikth of sep'tember)? Ha tempo il sei
   settembre?

F Just a moment please (d<u>sh</u>ast e'moument pliis). Un
   attimo, per favore. I will have a look in my diary (ai wil
   haev e luk in mai 'daieri). Devo vedere nell'agenda.
   Yes, the evening is free (jes, **thi** 'iivning is frii). Sì,
   quella sera sono libera.

M *takes his mobile and dials a phone number / prende il suo telefonino e compone un numero di telefono:*
What is on the sixth of September at the opera (wot is on the sikth of sep'tember aet **thi** 'opere)? Cosa c'è in programma il sei settembre. Oh, a première (ou, e 'premiaer). Oh, una première. Who is the soloist (huu is the 'soulouist)? Chi è il solista? Oh, Placido Domingo! Can I get two tickets (kaen ai get tuu 'tikits)? Posso comprare due biglietti? I would like to reserve two tickets in the gallery (ai wuud laik tuu ri'soev tuu 'tikits in the 'gaeleri). Vorrei prenotare due posti in galleria.
F What is on at the opera. Cosa danno all'opera?
M *(smiling / sorridendo)*: The Figaro's marriage (the figaro's 'maerid<u>sh</u>). Le nozze di Figaro.

I tempi del presente

Simple present:

es. to learn (loen) / imparare

I (ai) learn	imparo
you (juu) learn	impari
he, she, it (hii, schii) learns	impara
we (wii) learn	impariamo
you (juu) learn	imparate
they (thei) learn	imparano

D **Si usa la forma base del verbo.**
Alla terza persona singolare il verbo termina in -s.

F Eccezioni

ES Mary **flies** to many cities.
Mary va in aereo in molte città.
D Se il verbo termina con una consonante + y (es. fly):
Desinenza della terza persona singolare: **-ies.**
ES At the airport her husband kiss**es** her and wish**es** her good luck. All' aeroporto suo marito la bacia e le augura buona fortuna.
D Se il verbo termina in -s/ -sh (-ch / -x / -z / -o):
Desinenza della terza persona singolare: **-es.**

Present continuous

ES I am learning English (ai aem loening 'inglish).
Imparo l'inglese.
D Il present continuous si forma come segue:
il **presente del verbo to be** (es. I am) +
la **forma base del verbo + ing** (es. learn**ing**)

L'uso del present continuous

Il present continuous si usa per descrivere un'azione che si sta svolgendo in questo momento (in italiano: presente o stare + gerundio) o in questo periodo.
ES Mary is playing the piano.
Mary sta suonando il piano.
Mary is playing the piano concertos **of** the romantic music (1). Mary attualmente suona I concerti per piano della musica romantica.
D Una forma del genitivo: **of** (1).
Il present continuous si usa anche per la descrizione di tendenze.
ES Mary**'s** playing is getting better every day .
Mary suona il piano meglio ogni giorno.

D   Un altra forma del genitivo: **apostrofo + s** (Mary's).
ES Diamonds are girls' best friends.
    I diamanti sono i migliori amici delle ragazze.
D   Se un verbo termina già in s, si forma il genitivo
    aggiungendo solo l'apostrofo (girls').

F Verbi irregolari

La seconda e la terza forma sono uguali:

feel (ii)	felt (*e*)	felt (*e*)	sentire
find (ai)	found (ou)	found (ou)	trovare
get (*e*)	got (o)	got (o)	ottenere
hear (ie)	heard (oe)	heard (oe)	udire
hold (ou)	held (*e*)	held (*e*)	tenere
lay (ei)	laid (ei)	laid (ei)	stendere
lead (ii)	led (*e*)	led (*e*)	condurre
leave (ii)	left (*e*)	left (*e*)	partire
lose (uu)	lost (o)	lost (o)	perdere
meet (ii)	met (*e*)	met (*e*)	incontrare
read (ii)	red (*e*)	red (*e*)	leggere
sell (*e*)	sold (ou)	sold (ou)	vendere
sit (i)	sat (ae)	sat (ae)	sedersi
sleep (ii)	slept (*e*)	slept (*e*)	dormire
stand (ae)	stood (u)	stood (u)	stare in piedi
tell (*e*)	told (ou)	told (ou)	dire

La seconda e la terza forma terminano in **-ght**:

bring (i)	brought (oo)	brought (oo)	portare
buy (ai)	bought (oo)	bought (oo)	comprare
catch (ae)	caught (oo)	caught (oo)	prendere
teach (ii)	taught (oo)	taught (oo)	insegnare
think (i)	thought (oo)	thought (oo)	pensare

F Quando si è malati …

Dove trovo un medico / una farmacia? Where is a doctor / a pharmacy (weer is e dokter / a 'faameci)?
Sono / I am (ai aem …)
allergico a / allergic to … (e'loedshik)
(non) vaccinato contro / (not) vaccinated against (not 'vaeksineited e'genst)
caduto / I have had a fall (ai haev haed e fool)
incinta di … mesi / … months pregnant (manth 'pregnent)
diabetico(a) / diabetic (daie'betik)
Ho / I have (ai haev …)
il mal di testa / a headache (hedeik)
il mal d'orecchie / an earache (iereik)
il mal di gola / a sore throat (soor throut)
il mal di schiena / backache (baekeik)
il mal di stomaco / got an upset stomach
(got an ap'set 'stamek)
il mal di pancia / stomach ache ('stamek eik)
un raffredore / a cold (e could)
la febbre / a temperature (e 'tempritsche)
la tosse / a cough (e kof)
fatto un'indigestione / an indigestion (indi'dshestshen)
la diarrea / diarrhoea (daie'rie)
vomitato / been sick (biin sik)
la pressione alta / bassa / high / low blood pressure (hai / lou blad 'presher)
dei dolori qui / it hurts here (it hoets hier)
dei disturbi circolatori / circulatory trouble (sookju'leiteri 'trabl)
Prendo queste medicine regolarmente / I take this medicine regularly (ai teike this 'medisin 'regjuleli).

Vi prego di imparare le parole da frontiera a Italia.

Sesto giorno

The wedding dress / L'abito da sposa

Place: Department store in Rome.
      Un negozio di abbigliamento a Roma.
Gina G, sales assistant / venditrice V

V Can I help you (kaen ai help juu)? Posso aiutarla?

G I am looking for a wedding dress (ai aem luking foor e weding dres). Sto cercando un abito da sposa.

V What size are you (wot sais aar juu)? Che taglia porta?

G I am size 40. Ho la taglia 40.

V Could you describe the wedding dress you want to have (kud juu di'skraib the weding dres juu wont tuu haev)? Potrebbe descrivermi l'abito che desidera?

G I want to have an elegant and traditional dress (ai wont tuu haev an 'eligent aend tre'dishenl dres). Desidero un abito elegante e tradizionale.

V Which colour (witsh 'kaler)? Di che colore?

G I want something in white but more beige than white (ai wont 'samthing in wait bat moor bei<u>sh</u> thaen wait). Vorrei qualcosa di bianco, però più sul beige che bianco.

V This is elegant and traditional. Questo è elegante e tradizionale.

G Could I try it on (kud ai trai it on)? Posso provarlo?

V Of course (of koos). Volentieri. There are the fitting rooms (theer aar the 'fiting ruums). Ecco le cabine di prova.

G *stands in front of the mirror and looks happily at her reflection / sta davanti allo specchio e guarda felice la sua immagine riflessa:* It fits nicely (naisli). Mi sta bene. What a beautiful dress (wot e 'bjuutiful dres). Che bel abito. This wedding dress is a dream. Questo abito è un sogno. How much is this dream? (hau matsh is this driim)? Quanto costa questo sogno?

V Two thousand Euro (tuu 'thousend 'juerou). Duemila Euro.

G What a pity (wot e 'piti). Che peccato. I cannot pay more than a thousand Euro (ai kaennot pei moor thaen e 'thousend 'juerou). Non posso spendere più di mille Euro.

V Just a minute please (d<u>sh</u>ast e 'minit pliis); I will speak to the head of department on the phone (ai wil spiik tuu the h<u>e</u>d of di'paatment on the foun). Un minuto per favore; telefono al caporeparto.

After the phone call / dopo la telefonata:

You can realize your dream with one thousand and five hundred Euro (juu kaen 'rielais jur driim with wan 'thousend aend faif 'handrid 'juerou). Può realizzare il sogno con mille cinque cento Euro.

G Okay ('ou'kei), I will take it (ai wil teik it). Va bene, lo prendo.

I tempi del passato

Simple past

ES Mary play**ed** (1) the piano for two years in Paris; therefore she move**d** (2) to France (Mary pleid the 'pjaenou foor tuu jiiers in Paris; th<u>ee</u>rfoor shii muuvd tuu fraans). Mary ha suonato il piano per due anni a Parigi; per cui ha traslocato in Francia.

D **Si forma il simple past aggiungendo -ed alla forma base del verbo** (1)**.Verbi che terminano in -e: si aggiunge solo -d** (2).

Verbi regolari e irregolari: <u>Il simple past è uguale per tutte le persone</u>, es.

I, you, he, she, we, you, they <u>played</u>.

Il simple past del verbo to be è irregolare:

I **was** (wos)	ero	we were	eravamo
you were (woer)	eri	you were	eravate
he/she/it **was**	era	they were	erano

F Si usa sempre il simple past con parole che indicano il passato, es.
last week (la settimana scorsa), 3 days ago / 3 giorni fa, yesterday (ieri).

Present perfect

Il present perfect corrisponde al passato prossimo italiano.
Il present perfect si costruisce sempre come segue:
Il **presente del verbo to have** (es. she has) + **past participle** (es. played).
Nei verbi regolari il past participle si forma come il simple past: la forma base del verbo + **-ed** o **-d**.

F L'uso del Present perfect

Il present perfect si usa per indicare:

1. Un'azione cominciata nel passato che continua al presente (es. frasi con **how long, since, for**).
ES Da quando Mary suona il piano ?
    How long has Mary played the piano?
    Mary suona il piano dall'età di 5 anni / da 30 anni.
    Mary has played the piano **since** she was five / **for** thirty years.
2. Un' azione appena accaduta (es. frasi con **just**)
ES Mary ha appena suonato il piano.
    Mary has **just** played the piano.

Future simple

ES   The weather **will be** (1) nice tomorrow and **we shall swim** (2). TF: The 'wether wil bii nais te'morou aend wii shael swim. Domani sarà bel tempo e andremo a nuotare.

D   **Il future simple si costruisce come segue: will + la forma base del verbo** (1). Si usa per tutte le persone will + la forma base del verbo. Prima persona singolare e plurale: will può essere sostituito da 'shall' (2).

ES   <u>Shall</u> we swim tomorrow? Andiamo a nuotare domani?

D   Le forme interrogative (Shall I? Shall we?) sono usate spesso per esprimere un'offerta o un suggerimento.

	be (essere)	have (avere)	do (fare)	go (andare)
present simple	I am	I have	I do	I go
past	I was	I had	I did	I went
present perfect	I have been (biin)	I have had (haed)	I have done (dan)	I have gone (gan)

Pronomi reflessivi

ES   Mi presento.   I introduce myself (mai'self).
       Ti presenti.   You introduce yourself (je'self).
       Si presenta ...   He introduces himself (him'self).
                    She introduces herself (her'self).
                    It introduces itself.
                    We introduce ourselves (aue' selfs).
                    You introduce yourselves (je'selfs).
                    They introduce themselves.

L'imperativo

Place: Opera of London / Opera a Londra
Mrs. Smith S, Mr. Brown B

S   (siede in una fila dietro la grande schiena di Mr. Brown):
"Sit down (1), do not stand!" (2)
TF: Sit daun, duu not staend.
"Si sieda, non stia in piedi!"

B   "Sorry, I am already sitting."
TF: 'Sori, ai aem ool'redi 'siting.
"Mi dispiace, sono già seduto."

D   L'imperativo si forma come segue:
Forma affermativa: **la forma base del verbo** (1)
Forma negativa: **do not (don't) + la forma base del verbo** (2).

ES   Let us go home. Andiamo a casa.

D   L'imperativo affermativo della prima persona plurale:
let us (let's) + la forma base del verbo.

F Verbi irregolari

La seconda forma termina in **-ew** (uu). La terza forma termina in **-own** (ou):

blow (ou)	blew (uu)	blown (ou)	soffiare
fly (ai)	flew (uu)	flown (ou)	volare
grow (ou)	grew (uu)	grown (ou)	crescere
know (ou)	knew (uu)	known (ou)	sapere
throw (ou)	threw (uu)	thrown (ou)	gettare

Vi prego di imparare le parole da <u>lago</u> a <u>nave</u>.

Settimo giorno

The honeymoon / Il viaggio di nozze

Place: The airport Ciampino in Rome.
Luogo: L'aeroporto di Roma - Ciampino.
Gina G, Tino T, employee / impiegato I

T   When does the charter plane leave for Paris (wen das the
    'tshaater plein liiv foor Paris)? Quando parte il volo
    charter per Parigi?
I   You have still a little time (juu haev stil e litl taim).
    Avete ancora un po'di tempo. The plane does not take
    off until nine o'clock (the plein das not teik of en'til nain
    eklok). Non parte prima delle nove.
G   What time does the plane get at Paris (wot taim das the
    plein get aet Paris)? A che ora arriva l'aereo a Parigi?
I   If the plane takes off on time the arrival is at eleven
    (i'levn) o'clock. Se l'aereo parte in orario, l'arrivo è alle
    undici. Are you going to Paris for the first time (aar juu
    gouing tuu Paris foor the foest taim)? È la prima volta
    che andate a Parigi?
G   Yes, it's our honeymoon (jes, it's 'auer 'hanimuun). Sì, è
    il nostro viaggio di nozze.
I   Congratulations on your marriage (kengraetju'leishens
    on jur 'maeridsh). Felicitazioni agli sposi. Did you find
    a good hotel (did juu faind e gud hou'tel)? Avete trovato
    un buon albergo?
T   Yes, nearby the cathedral *Notre Dame* in the *Quartier
    latin* (nierbai the ke'thiidrel). Sì, vicino alla cattedrale
    Notre-Dame nel *Quartier latin*.
I   I lived in this district of Paris from 1988 to 1996 (ai livd
    in this 'district of Paris from 'nain'tiin 'eiti eit tuu 'nain-
    'tiin 'nainti siks). Sono vissuto in questo quartiere dal
    1988 al 1996. Each time when I remember Paris I am

homesick for that wonderful city (iitsch taim wen ai ri'member Paris ai aem houmsik foor thaet 'wandefel 'siti). Ogni volta che penso a Parigi sento una grande nostalgia di quella città meravigliosa.

G What impressed you the most in Paris (wot im'presd juu the moust in Paris)? Che cosa le è piaciuto di più a Parigi?

I It's a difficult question (it's e 'difikelt 'kwestshen). È una domanda difficile. Perhaps the view of the *Seine* under the bridges of Paris (pe'haeps the vjuu of the *Seine* 'ander the brid<u>sh</u>s of Paris) or the view from my apartment of the blue sky over the roofs of Paris (oor the vjuu from mai e'paatment of the bluu skai 'ouver the ruufs of Paris). Forse la vista sulla *Senna* sotto i ponti di Parigi oppure la vista dal mio appartamento sul cielo azzurro sopra i tetti di Parigi. Perhaps that evening on place *Concorde,* when the red sun was setting behind the Eiffel tower (pe'haeps thaet 'iivning on pleis Con*corde* wen the red san wos seting bi'haind **thi** Eiffel tauer). Forse quella sera sulla piazza Concorde mentre il sole rosso tramontava dietro alla torre Eiffel. Perhaps that night, when I looked at the light of the city from the highest restaurant of the Eiffel tower (pe'haeps thaet nait, wen ai lukd aet the lait of the 'siti from the haiest 'resteront of **thi** Eiffel tauer). Forse quella notte, quando ho guardato il mare di luce della città dal ristorante più alto della torre Eiffel. Perhaps the seductive beauty of the dancers in the *Lido* and the *Moulin Rouge* (pe'haeps the si'daktiv 'bjuuti of the 'daansers in the *Lido* aend the *Moulin rouge*). Forse la bellezza seducente delle ballerine del *Lido* e del *Moulin Rouge.* Perhaps that morning after a sleepless night in front of the church *Sacré-Coeur,* when I looked at the rosy light of the sunrise (pe'haeps thaet 'mooning 'aafter a sliiples nait in frant of the tshoetsh *Sacré-Coeur,* wen ai lukd aet the rousi lait of the sanrais). Forse la mattina, in cui ho visto davanti alla chiesa

Sacré - Coeur dopo una notte in bianco il sorgere del sole roseo. What impressed me the most (wot im-'presd mii the moust)? Che cosa mi ha impressionato più di tutto? I don't know (ai dount nou). Non lo so. But I know, that you will be very happy during your honeymoon (bat ai nou, thaet juu wil bii veri 'haepi 'djuuring jur 'hanimuun) because Paris is the perfect city for love and therefore the ideal place for a honeymoon (bi'koos Paris is the 'poefikt siti foor lav aend 'theefore **thi** ai-'diel pleis foor e 'hanimuun). Ma so che sarete molto felici tutti e due durante questo viaggio di nozze perché Parigi è la città perfetta per amarsi e perciò il luogo ideale per un viaggio di nozze. How long will you stay in Paris (hau long wil juu stei in Paris)? Per quanto tempo vi fermate a Parigi?

T Two weeks (tuu wiiks). Due settimane.

G Perhaps also some days more (pe'haeps 'oolsou sam deis moor). Forse anche qualche giorno in più.

I Say hello to Paris for me (sei he'lou tuu Paris foor mii). Saluti Parigi da parte mia. Have a good flight and a happy honeymoon (haev e gud flait aend e 'haepi 'hanimuun). Buon volo e buona luna di miele.

Pronomi personali

Il pronome sostituisce un nome per evitare una ripetizione del nome.

ES Ha visto i ragazzi? **Li** ho visti.
      Did you see the boys? I have seen **them**.
      TF: Did juu sii the bois? Ai haev siin them.

ES. 1   I love you (ai lav juu) / io ti amo

PPS	Verbo	PPO
I (io)	love	**you** (ti/Vi)
You (tu)	love	**me** (mi)
He (lui)	loves	**her** (la)
She (lei)	loves	**him** (lo)
It (lui, lei)	loves	**it** (la, lo)
We (noi)	love	**you** (vi)
You (voi)	love	**us** (ci)
They (loro)	love	**them** (le, li)

ES. 2   I give you a gift (ai giv juu e gift) / io ti do un regalo

PPS	Verbo	PPO
I	give	**you** (ti)
You	give	**me** (mi)
He	gives	**her** (le)
She	gives	**him** (gli)
It (lui, lei)	gives	**it** (le, gli)
We	give	**you** (vi)
You	give	**us** (ci)
They	give	**them** (loro, gli)

PPS: Pronomi personali soggetto (I, you, he/she/it, we, you, they). **I PPS in inglese devono essere sempre espressi.**
PPO: Pronomi personali oggetto (me, you, him / her/ it, us, you, them).
It è un pronome neutro (ne maschile ne femminile) e ha la stessa forma come PPS o PPO.
It (PPS): lui,lei.
It (PPO): accusativo la, lo; dativo le, gli.

Vi prego di imparare le parole da <u>nazionalità</u> a <u>persona</u>.

Ottavo giorno

Arrival in the hotel / Arrivo all'albergo

Place: Hotel in Cannes.
Tino T, his wife / sua moglie Gina G, their daughter /
la loro figlia Nora N, Mr. Richard R

T Good evening, my name is Tino Baci (gud 'iivning, mai neim is Tino Baci). Buona sera, il mio nome è Tino Baci. Are you Mr. Richard to whom I spoke on the phone last week (aar juu 'mister Richard to whom I spouk on the foun laast wiik)? È lei il signor Richard a cui ho telefonato la settimana scorsa?

R Yes, pleased to meet you (jes, pliisd tuu miit juu). Sì, lieto di conoscervi. How long are you staying (hau long aar juu steiing)? Quanto vi fermate?

T One week (wan wiik). Una settimana. We need a double room and a single room for our daughter (wii niid e 'dabl ruum aend e 'singl ruum foor 'auer 'dooter). Abbiamo bisogno di una camera doppia e di una camera singola per nostra figlia.

R You are lucky (juu aar 'laki). Avete fortuna. Although it is the high season there are still some free rooms (ool-'thou it is the hai siisn theer aar stil sam frii ruums). Benché siamo in alta stagione ci sono ancora alcune camere libere. There are two rooms overlooking the sea with a bathroom and a balcony (theer aar tuu ruums ouverluking the sii with e 'bathroom aend e 'baelkeni). Ci sono due camere con bagno, balcone e vista sul mare.

G How much is it with breakfast, half board and full board (hau matsh is it with 'brekfest, haaf bood aend ful bood)? Quanto costano con la colazione, la mezza pensione e la pensione completa?

R This is the price list (prais list). Ecco la lista dei prezzi.

G That is too expensive (thaet is tuu ik'spensiv). È troppo caro. Do you have anything cheaper (duu juu haev 'enithing 'tshiiper)? Ha qualcosa di più conveniente?

R Yes, we have two rooms overlooking the mountains ('mauntins) and with shower ('shauer). Sì, abbiamo due camere con doccia e vista sulle montagne.

G Can we see the rooms (kaen wii sii the ruums)? Possiamo vedere le camere?

R Of course (of koos). Volentieri.
After the viewing. Dopo la visita.

G Okay, we will take the rooms ('ou'kei, wii wil teik the ruums). Va bene, prendiamo le camere.

R Would you fill out this application form (wud juu fil aut this aepli'keishen foom). Per favore compili questo modulo di iscrizione. Would you sign please here (wud juu sain pliis hier). Firmi qui, per cortesia.

T Could somebody take the luggage up (kud 'sambedi teik the 'lagid<u>sh</u> ap)? Qualcuno potrebbe portare su i bagagli?

R I will call for a servant (ai wil kool for e 'soevent). Chiamo un cameriere. These are the two keys (thiis aar the tuu kiis). Ecco tutte e due le chiavi.

G What time is breakfast (wot taim is 'brekfest)? A che ora è la colazione?

R From eight till ten (from eit til ten). Dalle otto alle dieci.

T Could you wake us at eight tomorrow morning, please (cud juu weik as aet eit te'morou 'mooning, pliis)? Potrebbe svegliarci domattina alle otto?

R Of course. Volentieri. There is the lift (theer is the lift). Ecco l'ascensore. Goodnight (gud'nait)! Buona notte! See you tomorrow (sii juu te'morou). A domani.

After a very good week. Dopo una settimana bellissima.

T Can you do the bill for me (kaen juu duu the bil foor mii). Mi prepari il conto, per favore.

R The bill is ready ('redi). Il conto è pronto.

T Goodbye, it was very nice (gud'bai it was veri nais).

Arrivederci, siamo stati molto bene.

G It was a wonderful week (it wos e 'wandefel wiik). È stata una settimana meravigliosa.

N Bye, it was mega fantastic (bai, it wos 'mege faen'tae-stik). Ciao, è stato mega fantastico.

R It was nice meeting you (it wos nais 'miiting juu). Piacere di avervi conosciuti. I hope to see you again next year (ai houp tuu sii juu e'gen nekst jier). Spero di rivedervi l'anno prossimo. Have a good journey home (haev e gud dshoeni houm). Buon ritorno.

Pronomi e aggettivi possessivi

Aggettivi possessivi (my, your …) e pronomi possessivi (mine, yours …) sono invariabili e non sono mai preceduti dall'articolo the. Gli aggettivi possessivi concordano con il genere del possessore non con il genere della cosa posseduta, per es.

Mary is parking **her** car / Mary parcheggia la sua macchina.
Mary's husband is parking **his** car / Il marito di Mary parcheggia la sua macchina.

Il pronome possessivo si forma come segue:
Aggetivo possessivo + s > pronome possessivo, es.

             your + s > yours

Eccezione: mine, his, its

ES Questo è il mio garage, quello è il tuo.
This is my garage, that is yours (mai … jurs).
This is your garage, that is mine (jur … main).
This is his garage, that is hers (his …hoers).
This is her garage, that is his (hoer … his).
This is its garage, that is its.
This is our garage, that is yours ('auer … jurs).
This is your garage, that is ours (jur … 'auers).
This is their garage, that is theirs (theer … theers).

41

Pronomi relativi

ES   Mary **who** is a pianist (1) **whose** name is very
famous (2) **to whom** many prizes were given (3)
has a husband **who** nobody knows (4).
TF: Mary huu is e 'pienist huus neim is 'veri
'feimes tuu huum 'meni praises woer given, haes e
'hasbend huu 'noubedi nous.
Mary che è una pianista il cui nome è molto famoso e a
cui molti premi sono stati dati ha un marito che nessu-
no conosce.

D   Per le persone si usano questi pronomi relativi: **Nomi-
nativo: who** (1) **genitivo: whose** (2) invece del dativo:
preposizione + whom (3) **accusativo: wo** (4).

ES   Mary's grand piano **which** cost a lot (1) **whose**
manufacturer is Steinway (2) and **with which** Mary
plays all the concerts (3), has a sound **which** one
cannot describe (4). TF: Mary's graend 'pjaenou witsh
kost e lot huus maenju'faektscherer is Steinway aend
with witsh Mary pleis ool the 'konsets, haes e saund
witsh wan 'kaenot di'skraib.
Il piano a coda di Mary che è costato molto, il cui
fabbricante è Steinway e con cui Mary suona tutti i
concerti ha un suono che non si può descrivere.

A   Per le cose si usano questi pronomi relativi: **Nomi-
nativo: which** (1) **genitivo: whose** (2) invece del
dativo: preposizione + which (3) **accusativo:
which** (4).

Le frasi interrogative con un verbo autonomo

ES   I   Mary plays the piano.

      II   **Does** Mary **play** the piano?

D   Una frase affermativa con un verbo autonomo (I)
diventa una frase interrogativa (II) come segue:
do / **does** / did ... **+ la forma base del verbo**
Si usa do / does per il tempo presente, es.

Do you **play** the piano / suoni il pianoforte?

Si usa did per il tempo passato, es.

Where **did** Mary **play** the piano / dove ha suonato il pianoforte Mary?

ES **Who** plays the concert / chi suona il concerto?

D Non si usa do/does/did se un pronome interrogativo (es. **who**, what, which) è il soggetto della frase.

Le frasi negative con un verbo autonomo

ES Mary's husband **does not play** the piano.
    Il marito di Mary non suona il pianoforte.

D Una frase negativa si costruisce come segue:
    do not / **does not** / did not + **la forma base del verbo**

ES I have **never** seen York. Non ho mai visto York.

D Non si usa do not, does not, did not se la frase contiene una parola negativa (es. **never**, no, nobody).

Le frasi negative con il verbo be o un verbo ausiliare

ES Mary's husband is **not** musical (I); he can**not** sing (II).
    Il marito di Mary non è musicale, non sa cantare.

D Una frase affermativa con il verbo **be** o con i **verbi ausiliari** (es. can, may, shall, will)) diventa una frase negativa se si pone **not** dopo questi verbi. Invece di not si può aggiungere la forma contratta **n't** al verbo, es. Mary's husband isn**'t** musical.

Frasi interrogative con il verbo be o un verbo ausiliare

ES **Mary is** a pianist (1). **Is Mary** a pianist?
    She can play the piano (2). **Can she** play the piano?

D Una frase affermativa con il verbo **be** (1) o un **verbo ausiliar** (2) diventa una frase interrogativa se si scambiano soggetto e verbo.

Le frasi interrogative negative: si pone **n't** dopo il primo verbo della frase, es:

Doesn**'t** he speak English / non parla inglese?

Le question tags

ES   **Which** concert hall did Mary play **in** (witsh 'konset hool did Mary plei in)? In quale sala da concerto ha suonato Mary ?

D   **Il pronome interrogativo** (es. which) **è all' inizio della frase. La preposizione** (es. in) **è alla fine della frase.**

ES   We heard the concert, **didn't we?**
Abbiamo ascoltato il concerto, non è vero?
We did not hear the concert, **did we?**
Non abbiamo ascoltato il concerto, è vero?

D   Le question tags sono piccole frasi per sollecitare una conferma. Frase affermativa: la question tag alla forma interrogativa negativa. Frase negativa: la question tag alla forma interrogativa.

Aggettivi dimostrativi

ES   **This** child eats **these** bananas (this tshaild iits thiis be'naanes). Questo bambino mangia queste banane. **That** child eats **those** (thous) bananas. Quel bambino mangia quelle banane.

D   Gli aggettivi dimostrativi indicano ciò che è **vicino (this, these)** o **lontano (that, those).**

F Verbi irregolari

break (ei)	broke (ou)	broken (ou)	rompere
drive (ai)	drove (ou)	driven (i)	guidare
eat (ii)	ate (*e*)	eaten (i)	mangiare
fall (oo)	fell (*e*)	fallen (oo)	cadere
give (i)	gave (ei)	given (i)	dare
rise (ai)	rose (ou)	risen (i)	alzarsi
speak (ii)	spoke (ou)	spoken (ou)	parlare
take (*ei*)	took (u)	taken (*ei*)	prendere
write (ai)	wrote (ou)	written (i)	scrivere

Vi prego di imparare le parole da <u>pesce</u> a <u>ristorante</u>.

44

Nono giorno

In the restaurant / al ristorante

Place: Restaurant in London.
Gina G, Tino T, Nora N, waitress /
cameriera C

T Good morning. Buon giorno. Sorry, we are too late (sori wii aar tuu leit). Ci scusi, siamo in ritardo.

C Do not worry about it (duu not 'wari e'baut it). Non si preoccupi.

T My name is Tino Baci (mai neim). Il mio nome è Tino Baci. I have booked a table for three in the non smouking area (ai haev bukd e teibl foor thrii in the nonsmouking aerie). Ho prenotato un tavolo per tre persone nel settore non fumatori.

C Here is your table (hier is jur teibl). Ecco il tavolo. Please take a seat (pliis teik e siit). Prego si accomodi. Here are a menu and the drink list (hier aar e 'menjuu aend the drink list). Ecco un menù e la lista delle bevande. Would you like an aperitif (wud juu laik en eperi-'tiif)? Desiderate un aperitivo?

G An orange juice please (en 'orindsh dshuus). Un succo d'arancia per favore.

N A tonic water. Un'acqua tonica.

T A French champagne (e frentsh schaem'pein). Uno champagne.

After the aperitif. Dopo l'aperitivo.

C What would you like to drink (wot wud juu laik tuu drink)? Che cosa desiderate da bere?

G A glass of white wine (a glaas of wait wain). Un bicchiere di vino bianco.

N A fruit juice (e fruut dshuus). Un succo di frutta.

T A draught beer (e draaft bier). Una birra alla spina.

C What would you like as a starter (wot wud juu laik aes e 'staater)? Cosa desiderate come antipasto?

T Mixed starters (mikst staaters). Antipasti misti.

G Ham and melon (haem aend 'mɛlen). Prosciutto e melone.

N A vegetable soup (e 'vedshtebl suup). Una zuppa di verdura.

C What would you like to eat (wot wud juu laik tuu iit)? Che cosa desiderate mangiare?

N I will have a vegetarian dish (ai wil haev e vedshi'taerien dish). Prendo un piatto vegetariano. What do you recommend (wot duu you reke'mend)? Che cosa mi consiglia?

C Sole and as side dish rice (soul aend aes said dish rais). Sogliola col contorno di riso.

T I will have the beefsteak and mixed salad (ai wil haev the biifsteik aend mikst 'saeled). Prendo bistecca e insalata mista.

C What kind of dressing would you like (wot kaind of 'drɛsing wud juu laik)? Che condimento per l'insalata?

T French (frɛntsh) dressing. Condimento francese.

C The steak rare, medium or well done (the steik: rɛe, 'miidiem oor wɛl dan)? La bistecca al sangue, a puntino o ben cotta?

T Medium. A puntino.

G I would like a meat dish (ai wud laik e miit dish). Vorrei un piatto di carne.

C I recommend you roast lamb with aubergines and peppers (ai reke'mend juu roust laem with 'oubeschiins aend 'pɛpes). Le consiglio arrosto di agnello con melanzane e peperoni.

After the main course. Dopo il piatto principale.

K Do you like a dessert (di'soet)? Desiderate un dessert?

N Fruit salad and pastry and a cup of tea with lemon (fruut 'saeled aend 'peistri aend a kap of tii with 'lemen). Macedonia e un pasticcino e una tazza di tè con limone.

T What kind of ice cream (ais kriim) do you have? Che

gusti di gelato ci sono?

C Vanilla (ve'nile), raspberries ('raasberis), strawberries ('strooberis), walnut ('woolnat) and apricot ('eipricot). Vaniglia, lampone, fragola, noce e albicocca.

T Please a mixed ice cream and a coffee with milk. Per favore un gelato misto e un caffelatte.

G What kind of cake (keik) do you have? Che torte ci sono?

C Fruitcake (fruut keik), apple cake (aepl keik) and cheese cake (tshiis keik). Dolce di frutta, torta di mele e torta di ricotta.

G An apple cake but please with whipped cream (wipt kriim) and an espresso (e'spresou). Una torta di mele, ma per favore con panna montata, e un espresso.

After an excellent lunch. Dopo un pranzo molto buono.

C Did you enjoy it (did juu in'dshoi it)? Vi è piaciuto?

G It was excellent ('ekselent). Era tutto eccellente. Would you give our compliments to the chef (wud juu giv auer 'compliments tuu the shef). Faccia i nostri complimenti allo chef.

T May I have the bill please (mei ai haev the bil pliis)? Il conto per favore . . All together (ool te'gether). Un conto unico. Keep the change (kiip the tscheindsh). Il resto mancia.

C Thank you. Grazie.

Lo spazio

in casa / **in** the house (haus)
attraverso la casa / **through** … (thruu)
all'interno della casa / **inside** … ('in'said)
fuori della casa / **outside** … ('aut'said)
davanti alla casa / **in front of** … (frant)
dietro la casa / **behind** … (bi'haind)
accanto alla casa / **beside** … (bi'said)

47

sulla casa / **on** …
sotto la casa / **under** … ('ander)
sopra la casa / **over** … ('ouver)
di fronte alla casa / **opposite** … ('opesit)
vicino alla casa / **nearby** … (nie'bai)

L'arrivo

Sono arrivato ... I arrived (e'raivd) ...
otto giorni fa / eight days ago (eit deis e'gou)
la settimana scorsa / last week (laast wiik)
l'altro ieri / the day before yesterday (bi'foor 'jestedei)
ieri / yesterday
oggi / today (te'dei)
poco tempo fa / a little while ago (e litl wail e'gou)
mezz'ora fa / half an hour ago (haaf en 'auer)
Sono appena arrivato. I have just arrived (ai haev
dshast e'raived).
Sto arrivando. I am just arriving (ai aem dshast e'raiving).

La partenza

Sto per partire. I am going to leave (gouing tuu liiv).
Parto ... I leave ...
subito / immediately (i'miidietli)
presto / soon (suun)
al più presto / as soon as possible (aes suun aes 'posebl)
fra due ore / in two hours (tuu 'auers)
stamattina / this morning (this 'mooning)
oggi pomeriggio / this afternoon (aafte'nuun)
stasera / this evening ('iivning)
domani / tomorrow (te'morou)
dopodomani / the day after tomorrow

F Locuzioni importanti

Farsi capire

Parla italiano? Do you speak Italian (duu juu spiik I'tael-jen)? C'è qualcuno che parla italiano? Does anyone speak Italian? (das 'eniwan spiik i'taeljen)? Non ho capito. I did not understand that (ai did not ande'staend thaet). Può ripetere e parlare più lentamente? Could you repeat it and speak more slowly (kud juu ri'piit it aend spiik moor slou-li)? Me lo può scrivere? Can you write it down for me (kaen juu rait it daun foor mii)? Potrebbe tradurre questo per me? Could you translate that for me (kud juu traens'leit thaet foor mii)? Come si dice in inglese? What is that in English (wot is thaet in 'inglish)? Che significa questo? What does that mean (wot das thaet miin)? Come si pronuncia questa parola? How do you pronounce this word (hau duu juu pre-'nouns this woed)?

Nei grandi magazzini

Ci sono dei grandi magazzini qui vicino? Is there a departtment store around here (is theer e di'paatment stoor e'raund hier)?
Sto cercando … I am looking for … (ai aem luking foor)
A chi devo rivolgermi? Whom should I speak to (huum shud ai spiik tuu)?
Posso aiutarla? Can I help you (kaen ai help juu)?
Grazie, vorrei solo dare un'occhiata. I am just looking, thanks (ai aem dshast luking, thaenks).
Quanto costa questo? How much is that (hau matsh is thaet)?
È troppo caro. That is too expensive (tuu ik'spensiv).
Ha qualcosa di più conveniente? Do you have anything

cheaper (du juu haev 'enithing 'tshiiper)?
Ci devo pensare ancora. I will have to think about it (ai wil haev tuu think e'baut it).
Mi piace questo, lo prendo. I like that, I will take it (ai laik thaet, ai wil teik it). Posso pagare con questa carta di credito? Can I pay with this credit card (kaen ai pei with this 'kredit kaad)? Potrebbe darmi una ricevuta? Could you give me a receipt (kud juu giv mii e ri'siit). Potrebbe darmi un sacchetto? Could you give me a bag (kud juu giv mii e baeg)?

Dopo un incidente

C'è stato un incidente. There has been an accident (theer haes biin en 'aeksident). Due persone sono ferite. Two people have been hurt (tuu piipl have biin hoet). Chiami un'ambulanza e la polizia, presto. Call an ambulance and the police, quick (kool en 'aembjulens aend the pe'liis, kwik). Per favore mi dia il suo nome, il suo indirizzo e il nome della sua assicurazione. Could you give me your name, your address and your insurance number (kud juu giv mii jur neim, 'jur e'dres aend jur in'shuerens 'namber).

F Verbi irregolari

TF: 1. forma (**i**) 2. forma (**ae**) 3. forma (**a**).

begin (i)	began (ae)	begun (a)	cominciare
drink (i)	drank (ae)	drunk (a)	bere
sing (i)	sang (ae)	sung (a)	cantare
sink (i)	sank (ae)	sunk (a)	affondare
spring (i)	sprang (ae)	sprung (a)	saltare
swim (i)	swam (ae)	swum (a)	nuotare

Vi prego di imparare le parole da <u>ritardo</u> a <u>tazza</u>.

Decimo giorno

Preposizioni

ES Mary flies **at** 7 pm (1) **from** London **to** Paris **with** the manager, but **without** her husband, **for** a concert in the Pleyel hall. The aircraft flies **above, between** and **below** the clouds. **During** the landing Mary looks at the Eiffel tower by night.

at (aet) a	for (foor) per
from da	above (e'bav) sopra
to (tuu) a	between (bi'twiin) tra
with con	below (bi'lou) sotto
without (with'aut) senza	during ('djuering) durante

1 Si usa da mezzanotte a mezzogiorno **am** (l'abbreviazione di ante meridiem) e dalle 12 alle 24 **pm** (l'abbreviazione di post meridiem).

many, much, a lot (of)

ES   **I**   Do you have **many books** (1)?
          Ha molti libri?
  II   Yes, but I don't have **much time** (2) to read them.
          Sì, ma non ho molto tempo per leggerli.
 III   Yes, I have **a lot of books** (3) and **a lot of time** (4) to read them.
          Sì, ho molti libri e molto tempo per leggerli.

Si usa spesso **many** + plurale e **much** + singolare per frasi interrogative (I) e negative (II).
Si usa spesso **a lot of** per frasi affermative (III).

Some

ES I   Would you like **some** tea (1) and **some** biscuits (2)?
        Vuoi **un po'di** tè e **alcuni** biscotti?

    II I would like **some** tea. Vorrei **un po'di** tè.

D   Some significa con un singolare un po'di (1), con un
        plurale alcuni (2).
        Si usa some per frasi interrogative se si aspetta una
        risposta affermativa (I) e per frasi affermative (II).
        Non si usa some per frasi negative.

Any

Un libraio è al telefono con un scozzese:

Libraio: I   You can come at **any** time (1) and choose
                any book (2) / **any** books (3).
                Può venire in **ogni** momento e scegliere
                qualsiasi libro / **alcuni** libri

Scozzese: II I have no money / I do not have **any** money.
                Non ho denaro.

            III Do you have **any** free books?
                Ha dei libri gratis?

D   Si usa any per frasi affermative (I) negative (II) e in-
        terrogative (III).
        Frasi affermative: Any significa ogni (1), con singolare
        qualsiasi (2), con plurale alcuni (3).
        Frasi negative e interrogative: Any esprime una quanti-
        tà qualunque.
        Some e any corrispondono ai partitivi italiani del,
        dello, della, dei, degli, delle.
        Si usa i pronomi composti (es. somebody / anybody,
        something / anything) come some e any.

L'intervista

Reporter R, Mrs. Mary ... M

R   Vorrei parlare con Mrs. Mary ... I would like to speak
    to Mrs. Mary ...
M   Sono io. Speaking.
R   Sono giornalista dell'ente radiofonico BBC. I am a
    reporter at the broadcasting corporation BBC. Vorrei
    chiederle un favore. Could you do me a favour?
    Vorrei fissare un appuntamento per un intervista alla
    radio. I would like to have an appointment for an
    interview on the radio.
M   Molto volentieri. I would love to. Mi può dire che
    tipo di domande vorrebbe farmi? Could you tell me the
    kind of questions which you will pose?
R   La chiederò per esempio. For example I will ask you:
    Le piace la musica moderna? Do you like modern
    music? C'è un orchestra che preferisce? Is there an
    orchestra which you prefer? Dove avrà luogo il suo
    prossimo concerto? Where does your next concert
    take place?
M   Quanto dura l'intervista? How long does the interview
    take?
R   Circa un'ora. Roughly one hour.
M   Preferirei mezz'ora. I would rather have half an hour.
R   Non c'è problema. No problem.
M   Devo andare alla BBC? Do I have to go to the BBC?
R   No, la vengo a prendere io. No, I will pick you up.
M   Grazie, molto gentile. Thank you, that's very kind of
    you.
R   Non c'è di che. You are welcome. Buona giornata.
    Have a nice day.
M   Grazie altrettanto. Thanks, you too.

Locuzioni e parole importanti

L'impersonale **si** non trova corrispondenza in inglese.
Invece di **si** si può usare il pronome one, il sostantivo
people (gente) i pronomi we, you, they.
Mi può consigliare … Can you recommend me …
C'è / ci sono … qui vicino. Is / are there … around here
C'è una riduzione per … Is there a discount for …
Dove posso ricevere / trovare …Where can I get / find …
Come si arriva a … How do you get to …
Quando parte … per … When does … leave for …
Quando / a che ora inizia … When / what time does … start
Quanto dura … How long does … last / take
A che ora finisce … What time does … finish
Quanto dista … How far is it to …
… non funziona / è rotto. … does not work / is broken
Può riparare … Can you repair …
Quando è pronto … When will … be ready
Le dispiace se … Do you mind if …
Ho bisogno di … I need …
Vorrei noleggiare … I would like to hire / rent …

Forme contratte

Doesn't ('dasnt) = does not; don't (dount) = do not
He's (his) = he is, he has; I'd (aid) = Iwould, I had
I'll (ail) = I will, I shall; I'm (aim) = I am
It's (its) = it is, it has; I've (aiv) = I have
Let's (lets) = let us; that's (thaets) = that is
What's (wots) = what is, what has;
Won't (wount) = will not;
You're (juer) = you are

Vi prego di imparare le parole da <u>tè</u> a <u>zucchero</u>.

The casino / Il 'casinò'

Mr. Müller is a passionate gambler. Il signor Müller è un giocatore appassionato. Therefore he calls a taxi in front of the station of Naples and says to the driver:

„Can you take me to the casino, please."

Per questo chiama un taxi davanti alla stazione di Napoli e dice al taxista:

„Al casino, per favore."

After 5 minutes the driver says with a wink:

„There is the entrance to the casino."

Dopo 5 minuti il taxista dice con una strizzata d'occhi:

„Ecco l'entrata del casino."

At the reception sits a beautiful lady, who greets Mr. Müller with a friendly smile. Alla ricezione siede una bella signora che saluta il signor Müller con un sorriso gentile.

„Excuse me", says Mr. Müller, „the customs officer said, that my passport has expired."

„Mi scusi", dice il signor Müller, „il doganiere a detto che il mio passaporto è scaduto."

„Here your passport isn't necessary. Our clients set great store by anonymity", says the lady with a wink.

„Qui non ha bisogno del passaporto; i nostri clienti tengono all'anonimato", dice la signora con una strizzata d'occhi.

„That's really kind of you. In Germany you must produce your passport every time you go to casino."

„Molto gentile da parte sua. In Germania si deve mostrare ogni volta il passaporto se si va in un casino."

„At the moment all the rooms are occupied. But you can drink an aperitif in the bar at the expense of the casino."

„In questo momento tutte le stanze sono occupate; ma può bere un aperitivo al bar a spese del casino."

Mr. Müller looks with great astonishment at the deep décolletage of the full-bosomed barmaid, who says with a smile:

„Can I bring you something to drink?"
Il signor Müller guarda con grande stupore la profonda scollatura della barista dal seno pieno che dice con un sorriso:
„Vi porto qualcosa da bere?"
Because it's very hot, he answers:
„Yes please; a campari with ice."
Siccome fa molto caldo nel casino risponde:
„Sì grazie; un campari con ghiaccio."
Preparing the aperitif the barmaid asks:
„Where do you come from?"
Mentre la barista prepara l'aperitivo domanda:
„Lei di dov'è?"
„I come from a little village near Baden-Baden in Germany."
„Sono di un piccolo villagio vicino a Baden-Baden in Germania."
„What do you do for a living. Que lavoro fa?"
„I am a German teacher. Sono un insegnante di tedesco."
The winking of the barmaid reminds Mr. Müller of the winking of the driver and the lady at the reception. La strizzata d'occhi della barista ricorda al signor Müller la strizzata d'occhi del taxista e della signora alla ricezione.
„Are you in a casino for the first time ?"
„È la sua prima volta in un casino?"
„No, in Baden-Baden I go to the casino twice a week, mostly the whole night. When I have begun I cannot stop."
„No, a Baden-Baden vado al casino due volte la settimana, per lo più tutta la notte; una volta che ho iniziato non posso più smettere."
„Here you can stay the whole night too. When did you go to a casino for the first time ?"
„Anche qui può restare tutta la notte. Quando è andato la prima volta in un casino?"
„Thirty years ago we spent our honeymoon in Monte-Carlo. Trent'anni fa abbiamo fatto il viaggio di nozze a

Monte-Carlo. While my wife went shopping I went to the casino. Mentre mia moglie faceva acquisti sono andato al casino. The minimum stake was very low. L'importo minimo era molto basso. What is the minimum stake here? Quanto è qui l'importo minimo?"

„Two hundred Euro."

"Due cento Euro."

„Oh, it's very high! Oh, come è alto! In Baden-Baden the minimum stake is only two Euro. A Baden-Baden l'importo minimo è solo due Euro."

Suddenly a door opens. Improvvisamente si apre una porta. A gentleman comes out and behind him Mr. Müller sees a blond girl dressed only in some pink pants. Un uomo appare e dietro di lui il signor Müller vede una ragazza bionda vestita solo con uno slip rosso. Now he understands, where he is and the meaning of the three winks. Ora capisce dove si trova e che significato ha la strizzata d'occhi ripetuta tre volte. Then he begins to get angry. Allora inizia ad arrabiarsi:

„What a stupid driver! Che taxista stupido! I said 'al casino, per favore'! Ho detto 'al casino, per favore'!"

The barmaid laughs and says. La barista ride di cuore e dice:

„Do not blame the driver. Non rimproveri il taxista. You said 'al casino, per favore'; this word means in Italian a house, where you can have fun with beautiful girls. Lei ha detto 'al casino, per favore '; questa parola significa in italiano una casa dove ci si diverte con delle belle ragazze. A house, where you can play roulette is called in Italian casinò. Una casa dove si gioca alla roulette si chiama in italiano casinò."

„A wrong accent and its consequences", says Mr. Müller laughing. „Un accento sbagliato e le sue conseguenze", dice ridendo il signor Müller.

Vocabolario

abbastanza enough inaf
abbigliamento clothing (ou)
abitante inhabitant (hae)
abitare live liv
accappatoio bathrobe (aa.ou)
accendino lighter laiter
accettare accept eksept
accompagnare accompany ka
aceto vinegar viniger
acqua water wooter
~ minerale mineral water
~ potabile drinking water
acquisto purchase poetshis
adattatore adapter (dae)
adesso now nau
aereo plane plein
aeroporto airport eepoot
affittare rent rent
affitto rent rent
affresco fresco freskou
agnello lamb laem
agosto August oogest
aiutare help help
aiuto help help
albergo hotel houtel
albero tree trii
alcuni some sam
allergia allergy aeledshi
almeno at least aet liist
altoparlante speaker spiiker
altro other ather
alzarsi get up get ap
amare love lav

ambasciata embassy embesi
ambulanza ambulance (ae..le)
amico(a) boy/girl friend (e)
analcolico non-alcoholic (ae)
anche also oolsou, too tuu
ancora still
andare go gou
andata e ritorno there and
back theer aend baek
animale animal aenimel
annullare cancel kaensel
antipasto starter staater
antichità antique aentiik
aperitivo aperitif eperitiiv
appartamento apartment
appuntamento
appointment e'pointment
aprire open oupen
arancia orange orindsh
architettura
architecture aakitektsher
aria condizionata air
conditioning kendishening
arrivare arrive eraiv
arrivo arrival eraivel
arrosto roast roust
arte art aat
artista artist aatist
ascensore lift
asciugamano towel (au)
aspettare wait weit
assaggiare taste teist
assicurazione assurance eshue

58

assorbente igienico sanitary towel saeniteri tauel
attenzione attention etenshen
attraversare cross kros
autonoleggio car hire haie
autostrada motorway moute
autunno autumn ootem
avere have haev

B

bagaglio baggage baegidsh
deposito bagagli left - luggage left lagidsh
bagnino lifeguard laifgaad
bagno bath baath
balcone balcony baelkeni
ballare dance daans
bambino child tshaild
banca bank baengk
banconota banknote (nout)
barca boat bout
~ a remi row boat rou bout
~ a vela sailing (seiling) boat
batteria battery baeteri
benzina petrol petrel
bere drink
bevanda drink
bicchiere glass glaas
bicicletta bike baik
biglietteria ticket office tikit ofis
biglietto ticket tikit
binario track traek
biscotto biscuit biskit
bisogno need niid
birra beer bier

bistecca steak steik
blu blue bluu
bocca mouth mauth
bombola del gas bottle of gas botl of gaes
borsellino purse poes
borsetta handbag haendbaeg
bottiglia bottle botl
apri ~ bottle opener oupner
bottone button batn
braccio arm aam
burro butter bater
bussare knock nok
busta envelope enveloup

C

calore (intense) heat hiit
calzino sock sok
cambiare change tsheindsh
cambio FIN exchange (iks)
camera doppia double room dabl ruum
camera singola single room singl ruum
cameriera waitress weitris
camicetta blouse blous
camicia shirt shoet
campanello bell bel
campanile bell tower (tau)
campeggiare camp kaemp
campeggio camping
candela candle kaendl
cane dog
canzone song
capello hair heer
capire understand andestaend

59

capodanno New Year jier
cappello hat haet
cappotto coat kout
carrello trolley troli
carne meat miit
carta di credito credit card
carta d'identità identity card
aidentiti kaad
cartolina postcard (kaad)
casa house hous
cassa cash desk kaesh desk
cassaforte safe seif
castello castle kaasl
cattedrale cathedral kethiidrel
cavatappi corkscrew
kookskruu
celibe single singl
cena dinner diner
centro center senter
~ storico old town
cercare look for luk foor
cerotto plaster plaaster
certificato certificate setifikit
certo certain soeten
chef chef shef
chiamare call kool
chiamarsi be called bii koold
chiave key kii
chiedere ask
chilometro kilometre
kilomiter
chiudere close klous
cielo sky skai
cimitero cemetery semitri
cintura belt belt

cioccolata chocolate tshokolet
circa about ebout
città town taun
~ vecchia old town ould taun
coincidenza connection kenek
colazione breakfast brekfest
colore colour kaler
coltello knife naif
cominciare begin bigin
compleanno birthday boethdei
completo suit suut
comprare buy bai
compreso inclusive (kluusiv)
confermare confirm kenfoem
conoscere know nou
contenere contain kentein
conto (in ristorante) bill bil
account ekaunt
contorno side dish said dish
contratto contract kontraekt
controllare control kentroul
coperta blanket blaengkit
coperto cover kaver
corrente current karent
corso course koos
~ di sci skiing course
costare cost kost
costo cost
cotone cotton kotn
cotto cooked kuked
crema solare suntan cream
crociera cruise kruus
crudo raw roo
cuccetta couchette kuushet
cucchiaino teaspoon tiispuun

cucchiaio spoon spuun
cucina kitchen kitshin
cucinare cook kuk
cugino(a) cousin kasn
cuore heart haat
curare (med) treat triit
custodire guard gaad

D

danno damage daemid<u>sh</u>
dare give giv
data date deit
decisione decision (di)
denaro money mani
dente tooth tuuth
dentifricio toothpaste (peist)
dentista dentist dentist
dentro inside insaid
denunciare report ripoot
descrivere describe diskraib
desiderare wish
dessert dessert disoet
deviazione diversion
daivoeshen
di (che) than thaen
diabete diabetes
daieebiitis
diapositiva slide slaid
diarrea diarrhoea daieriie
dicembre December dicembre
diesel diesel diisl
dieta diet daiet
dietro behind bihaind
difficoltà difficulty difikelti
dimenticare forget feget
dipingere paint peint

dire say sei
diretto direct dairekt
direzione direction direkshen
disturbare disturb distoeb
dito finger
diverso different difrent
doccia shower shauer
dolore pain pein
domanda question kwestshen
domani tomorrow temorou
domenica Sunday sandei
donna woman wumen
dormire sleep sliip
dottore doctor dokter
dovere have to haev tuu
durare last laast

E

economico cheap tshiip
edicola newspaper kiosk
njuuspeiper kiiosk
elenco list
elettrico electric ilektrik
elicottero helicopter (heli)
emergenza emergency (imoe)
entrata entrance entrens
errore mistake misteik
esposizione exhibition
espressione expression
ikspreshen
espresso express ikspres
essere be hii
est east iist
estate summer samer
età age eid<u>sh</u>
Europa Europe juerep

61

F

faccia face feis
fame hunger hanger
famiglia family faemili
fare do duu
farmacia pharmacy faamesi
fattore di protezione
protection factor pretek faek
favore, per ~ please pliis
febbraio February februeri
felice happy haepi
fermare stop
fermata stop
festa party paati
fetta slice slais
fiammifero match maetsh
fiera fair feer
figlia daughter dooter
figlio son san
fine end
finestra window windou
fiore flower flauer
firma signature signetsher
firmare sign sain
fiume river
flusso flood flad
fontana fountain fauntin
forbicina per unghie
nail scissors neil sises
forchetta fork fook
forma form foom
formaggio cheese tshiis
forse perhaps pehaeps
fortuna luck lak
Foto photo foutou

fotografare
photograph foutegraef
fotografo
photographer fetografer
macchina fotografica
camera kaemere
fra between bitwiin
fragola strawberry strooberi
francobollo stamp staemp
fratello brother brather
freno brake breik
fretta hurry hari
frittata omelette omlit
frontiera border booder
frutta fruit fruut
fumare smoke smouk
fungo fungus fanges
funivia cable way keibl wei
funzionare work woek
fuoco fire faier
furto theft theft

G

gamba leg leg
garage TF gaeraash
gassato carbonated
gelateria ice-cream parlour
ais-kriim paaler
gelato ice cream ais kriim
genitori parents peerents
gennaio January dshaenjueri
gente people piipl
gentile friendly frendli
Germania Germany
ghiaccio ice ais
già already oolredi

giacca jacket dshaekit

giardino garden

giocare play plei

gioco game geim

gioelliere jeweller dshuueler

giornale newspaper njuuspeiper

giorno day dei

~ feriale workday woekdei

~ festivo holiday holidei

giovedì Thursday thoesdei

giugno June dshuun

giro tour tuer

~ in bicicletta bike ride (raid)

goccia drop

golf golf

campo da ~ golf course koos

gomma tyre taier

~ a terra flat tyre flaet taier

gonna skirt skoet

grado degree digrii

grammo gram graem

grasso fat faet

griglia grill gril

gruppo group gruup

guadagnare earn

guanto glove glav

guardare look at luk aet

guardaroba cloak room

guida guide gaid

~ turistica guide book (buk)

~ alpina mountain guide

H

handicappato handicapped

I

ieri yesterday jestedei

imbarcadero mooring (mue)

immersione diving (dai)

impermeabile raincoat ei . ou

importante important (poo)

importo amount emount

incidente accident

inclusivo inclusive (kluu)

incontrare meet miit

incrocio crossroads krosrouds

indirizzo address edres

infermiera nurse

infezione infection infekshen

informazione information infemeishen

ingresso admission charge edmishen tshaadsh

inizio beginning (bi)

insalata salad saeled

insetto insect insekt

puntura d'insetto insect bite insekt bait

interessare interest intrest

interno inside insaid

interprete interpreter intoepriter

invece instead insted

inverno winter winter

inviare send send

invitare invite invait

iscriversi enrol inroul

isola island ailend

Italia Italy iteli

italiano(a) Italian itaeljen

63

L

là there th*e*er
labbro lip
<u>lago</u> lake leik
lampadina light bulb lait balb
<u>lasciare</u> (concedere) let l*e*t
lassativo laxative l**a**eksetiv
<u>latte</u> milk
<u>lattina</u> can kaen
<u>lavandino</u> basin beisn
lavare wash wosh
lavorare work woek
leggere read riid
lenzuolo sheet shiit
lettera letter l*e*ter
<u>buca delle lettere</u>
letter box l*e*ter boks
<u>letto</u> bed b*e*d
<u>libbra</u> pound paund
<u>libreria</u> bookshop bukshop
libro book buk
limonata lemonade l*e*men*e*id
<u>limone</u> lemon l*e*men
liquido liquid likwid
liquore liqueur likj*u*er
<u>lista</u> list
litro litre liiter
livello dell'olio
oil level oil l*e*vl
<u>luce</u> light lait
luglio July d<u>sh</u>uul**ai**
luna moon muun
lunedì Monday m**a**ndei
<u>luogo</u> place pleis
avere luogo take place

M

<u>macchina</u> car kaar
<u>macelleria</u> butcher's butsher's
madre mother m**a**ther
<u>magazzino</u> warehouse (w**ee**)
maggio May mei
<u>maiale</u> pork pook
malato ill il
malattia illness ilnis
<u>mancare</u> be missing
<u>mangiare</u> eat iit
<u>mano</u> hand haend
<u>mare</u> sea sii
marito husband h**a**sbend
<u>marmellata</u> jam d<u>sh</u>aem
martedì Tuesday tj**uu**sdei
marzo March maatsh
materassino airbed *e*erb*e*d
materasso mattress m**a**etris
materiale material metieriel
<u>mattina</u> morning m**oo**ning
meccanico mechanic (mik**a**e)
<u>medicina</u> medicine m*e*dsin
<u>medio</u> middle midl
mela apple **a**epl
<u>meno</u> less l*e*s
<u>menù</u> menu menjuu
meraviglioso marvellous
m**aa**veles
<u>mercato</u> market m**aa**kit
~ delle pulci flea market (fl**ii**)
mercoledì Wednesday w*e*ns
<u>mese</u> month manth
<u>messaggio</u> message m*e*sid<u>sh</u>
metà middle midl

64

metro underground an,grau
mettere put
mezzanotte midnight midnait
mezzo half haaf
mezzogiorno midday middei
minigolf minigolf
minuto minute minit
misurare measure mesher
moda fashion faeshen
momento moment moument
monastero monastery nesteri
moneta coin koin
montagna mountain mountin
mordere bite bait
mostrare show shou
motore motor mouter
motocicletta motorbike baik
motoscafo motorboat (bout)
municipio town hall (taun)
muovere move muuv
muro wall wool
muscolo muscle masl
museo museum mjuusiem
musica music mjuusik
mutua medical insurance
company med, shue, kamp

N

nascita birth boeth
naso nose nous
nave ship
nazionalità nationality
naeshenaeliti
nebbia fog
necessario necessary nesiseri
negozio shop

neve snow snou
noce nut nat
noleggiare rent rent, hire haier
noleggio rent rent
nome name neim
non not
niente nothing nathing
nord north nooth
notte night nait
novembre November (nou)
nuca neck nek
numero number namber
nuotare swim
nuvola cloud kloud

O

occhiali glasses glaasis
occhio eye ai
occupare occupy (pai)
officina (per macchine)
garage gaeraash
offrire offer ofer
oggi today tedei
ogni each iitsh
olio oil
ombra shadow shaedou
ombrello umbrella ambrele
ombrellone sunshade (sheid)
opera TF opere
operazione operation (reish)
opposto opposite opesit
opuscolo brochure broushjuer
ora hour auer, time taim
orario timetable taimteibl
orario d'apertura
hours of business auers bisnis

ordinare order
orecchio ear ier
orologio clock klok
ospedale hospital hospitl
ostello della gioventù
youth hostel juuth hostel
ottico optician optishen
ottobre October oktouber

P

padre father
paese country kantri
pagare pay
paio pair peer
palazzo palace paelis
pane bred bred
panetteria bakery beikeri
panino roll roul
panna cream kriim
pantaloni trousers trausis
parapendio paragliding
paereglaiding
parcheggiare park paak
parcheggio car parc kaarpaak
parchimetro parking meter
paaking miiter
parco park paak
parlare speak spiik
parola word woed
parte part paat
partenza departure dipaatshe
partire leave liiv
parrucchiere hairdresser
heerdreser
Pasqua Easter iister
passaporto passport aa,oó

pasta TF paeste
pasticceria pastries peistris
pasto meal miil
patata potato peteitou
patente driving licence
draiving laisens
pattinaggio ice-skating
ais-skeiting
pazienza patience peishens
paziente patient peishent
pedaggio toll toul
pedalò pedal boat pedl bout
pediatra paediatrician
piidietrishen
pedone pedestrian pidestrien
pelle skin
pelletteria leatherwork
pellicola film
~ a colori colour film kaler
pensare think thingk
pensione board bood
~ completa full board
mezza ~ half board
pepe pepper peper
percento per cent poer sent
perdere lose luus
pericolo danger (deindsher)
pericoloso dangerous
deindshres
permettere allow elou
persona person poesn
pesca peach piitsh
pescare fish
pesce fish
pettine comb koum

66

pezzo piece piis
piacere pleasure plesher
piacevole pleasant plesnt
piano floor
pianta plant plaant
~ della città map maep
piatto plate pleit
piazza square skwaer
piccante spicy spaisi
piede foot fut
pieno full ful
pila battery baeteri
pillola pill
ping-pong ping-pong
pioggia rain rein
piombo lead led
piovere rain rein
pista di fondo cross-country
ski run kros kantri skii ran
pittore painter peinter
pittura painting peinting
più more moor
polizia police peliis
pollo chicken tshiken
pomeriggio afternoon (aafter)
pomodoro tomato temeitou
ponte bridge bridsh
porta door
portacenere ashtray aeshtrei
portafoglio wallet wolit
portare carry kaeri
~ via take away teik ewei
portiere porter pooter
porto harbour haaber
porzione portion pooshen

possibile possible posebl
posta post office poust office
potere can kaen
pranzo lunch lantsh
preferire prefer prifoer
prefisso (Tel) code koud
pregare pray
premere press pres
prendere take teik
prenotare reserve risoev
prenotazione reservation re
presentare present presnt
presto soon suun
prezzo price prais
privato private praivit
procurare get get
professione profession prefe
profumo perfume poefjuum
programma program (graem)
pronto ready redi
pronunciare pronounce
prenauns
prosciutto ham haem
prossimo next nekst
provare try on trai
presto (fra poco) soon suun
pulire clean kliin
pulito clean kliin
puntuale punctual pangktjuel
puro pure pjuer
purtroppo unfortunately
anfootshnitli

Q
quadro painting peinting
qualcosa something samthing

67

qualcuno somebody sa,be
quantità quantity kwontiti
quarto quarter kwooter
quello that thaet pl those
questo(a) this pl these thiis

R

raccomandare recommend rekem*e*nd
radiografia X-ray *e*ksrei
ragazzo boy boi
raggiungere reach riitsh
rasoio razor reiser
reclamo complaint kempleint
regalo gift
regione region riid*sh*en
registrarsi check in tsh*e*k in
religione religion rilidshen
respirare breathe briith
ricetta medica prescription priskripshen
ricevere get g*e*t
ricevuta receipt risiit
ricezione reception ris*e*pshen
riduzione reduction ridakshen
ringraziare thank thaengk
riparare repair rip*e*er
riparazione repair rip*e*er
ripetere repeat ripiit
riscaldamento heating hiiting
riso rice rais
rispondere answer **aa**nser
ristorante restaurant restront
ritardo delay dil*e*i

ritorno return ritoen
rivedere see again sii eg*e*n
rompere break breik
rossetto lipstick
rosso red r*e*d
rotondo round
rotto broken brouken
roulotte caravan k**ae**revaen
rubare steal stiil
rubinetto tap taep
rumoroso noisy noisi

S

sabato Saturday s**ae**tedei
sabbia sand saend
sacchetto bag baeg
saldi sale seil
sale salt soolt
salire get in g*e*t
salmone salmon s**ae**men
salsa sauce soos
salsiccia sausage sosid*sh*
salutare greet griit
salute! health! h*e*lth
saluto greeting griiting
salvagente lifebelt laivb*e*lt
sangue blood blad
sanguinare bleed bliid
sapere know nou
sapone soap soup
scala stairs st*e*ers
~ mobile escalator *e*skeleiter
scaloppina escalope isk**ae**lep
scarpa shoe shuu
scatola box boks

scendere get out get aut
schiena back baek
sci di fondo cross-country
kros kantri
sciare ski skii
sciarpa shawl shool
sciovia ski-lift skii-lift
scompartimento compartment
sconto discount diskaunt
scopa broom bruum
scrivere write rait
scultore sculptor skalpter
scultura sculpture skalptshe
scusare excuse ikskjuus
sdraio lounger laundsher
secchio bucket bakit
secolo century sentjuri
sedia chair tsheer
seguire follow folou
seggiovia chair lift tsheer
sempre always oolweis
senso unico one-way street
sentire (udire) hear hier
separato separate sepret
sera evening iivning
servire serve soev
servizio service soevis
sete thirst thoest
settembre September (te)
settimana week wiik
sguardo look luk
significare mean miin
signora lady leidi
signore gentleman (dshentl)
sillabare spell spel

soggiorno stay stei
sole sun san
solo alone eloun
soltanto only ounli
sorella sister
sorpresa surprise seprais
specchio mirror mirer
spendere spend spend
spesso often ofen
spezia spice spais
spiaggia beach biitsh
spiedino skewer skjuer
spiegare explain iksplein
splendido splendid splendid
sporco dirty doeti
sposato married maerid
squadra team tiim
stagione season siisn
alta ~ high season
stanco tired taied
stare stand staend
stazione station steishen
~ di servizio petrol ~
stesso same seim
stile style stail
stirare iron aien
stomaco stomach stamek
storia history histeri
strada street striit
stretto narrow naerou
stupido stupid stjuupid
subito immediately (mii)
successo success sekses
succo juice dshuus
~ di frutta fruit juice fruut

sud south sauth
suo(a) di lui his,di lei her(oe)
di cosa its
suonare play plei
supermercato supermarket
suupermaakit
svegliare wake weik
svendita sale seil
Svizzera Switzerland (laend)

T

tabacco tobacco tebaekou
taglia (misura) size sais
tagliare cut kat
tardi late leit
tasca pocket pokit
tassa tax taeks
tavolo table teibl
tazza cup kup
tè tea tii
teatro theatre thieter
tedesco German dshoemen
telefonare phone foun
telefonata phone call kool
telefonino mobile moubail
telefono phone foun
cabina telefonica phone box
elenco telefonico phone book
scheda telefonica phone card
televisione television
telivishn
temperatura temperature
tempritsher
tempo time taim
weather wether
temporale thunderstorm

tenda tent tent
tenere hold hould
terminale terminal toeminl
terminare end end
termometro thermometer
themomiter
terrazza terrace teres
terzo third thoed
tessuto cloth kloth
testa head hed
tirare pull pul
toccare touch tatsh
toilette toilet toilet
carta igienica toilet paper
tornare return ritoen
torre tower tauer
torta cake keik
tovaglia table cloth
teibl kloth
tovagliolo serviette soeviet
tra between bitwiin
traduzione translation
traensleishen
traffico traffic traefik
traghetto ferry feri
tram tram traem
tranquillo quiet kwaiet
trasporto transport traenspoot
traversare cross kros
treno train trein
~ rapido express ikspres
troppo too much tuu matsh
trovare find faind
tuo tua your juur
tuono thunder thander

70

turismo tourism tuerisem
tutto whole (houl)pl all ool

U

uccello bird boed
ufficio office ofis
~ oggetti smarriti lost property office lost properti ofis
~ turistico tourist office tuerist ofis
ultimo last laast
unghia nail neil
forbicina per unghie nail scissors neil sises
uomo man maen
uovo egg eg
urgente urgent oedshent
usare use juus
uscire go out gou aut
uscita exit eksit
~ di emergenza emergency exit imoedshensi eksit
uva grapes greips

V

vacanze holidays holideis
vagone letto sleeper sliiper
~ ristorante restaurant car restront kaar
valido valid vaelid
valigia suitcase suutkeis
valle valley vaeli
vaniglia vanilla venile
vecchio old ould
vedere see sii
velocità speed spiid
venire come kam

vendere sell
ventilatore ventilator (ve lei)
vento wind
verdura vegetable vedshtebl
vero real riel
versare (denaro) pay pei
vestito suit suut (donna) dress
vetrina shop window windou
vetro glass glaas
via road roud
via aerea airmail eermeil
viaggiare travel traevl
viaggio journey dshoeni
vicino near nier
vietare forbid febid
vietato forbidden febidn
villaggio village vilidsh
vino wine wain
visita visit visit
visitare visit visit
vista (veduta)view vjuu
vita life laif
vitello (GASTR) veal viil
vivere live liv
volentieri ! with pleasure ple
volere want wont
volo flight flait
volta time taim
voltaggio voltage voultidsh
vuoto empty empti

Z

zaino rucksack raksaek
zanzara mosquito moskitou
zucchero sugar shuger
zuppa soup suup